Ingeborg Bachmann
Anrufung des Großen Bären

SERIE PIPER
Band 307

Zu diesem Buch

Die »Anrufung des Großen Bären« bildet zusammen mit Ingeborg Bachmanns erstem Gedichtband »Die gestundete Zeit« den Kern ihres lyrischen Werks. Diese Gedichte stammen aus den Jahren 1954–1956 und wurden 1956 erstmals in Buchform veröffentlicht. Sie sind nach Jahren nun wieder als Einzelausgabe erhältlich.

Ingeborg Bachmann, geboren 1926 in Klagenfurt. Lyrikerin, Erzählerin, Hörspielautorin, Essayistin. 1952 erste Lesung bei der Gruppe 47. Preise: Preis der Gruppe 47, Bremer Literaturpreis, Hörspielpreis der Kriegsblinden, Berliner Kritikerpreis, Georg-Büchner-Preis, Großer Österreichischer Staatspreis, Anton-Wildgans-Preis. Lebte nach Aufenthalten in München und Zürich viele Jahre in Rom, wo sie 1973 starb.

Ingeborg Bachmann

Anrufung des Großen Bären

Gedichte

Stell Dir vor,
Sehnsucht würde sich
erfüllen!
Es gäbe sie nicht mehr!!

Für meine liebe Mutti
Deine Eva

8. Mai 88

Piper
München Zürich

Entnommen der leicht verbesserten Neuauflage der Werkausgabe:
Ingeborg Bachmann, Werke. Erster Band: Gedichte – Hörspiele – Libretti – Übersetzungen; herausgegeben von Christine Koschel, Inge von Weidenbaum, Clemens Münster.
R. Piper & Co. Verlag, München/Zürich 1982

Von Ingeborg Bachmann liegen in der Serie Piper außerdem vor:
Die Hörspiele (139)
Frankfurter Vorlesungen: Probleme zeitgenössischer Dichtung (205)
Die Wahrheit ist dem Menschen zumutbar (218)
Das Honditschkreuz (295)
Die gestundete Zeit (306)
Liebe: Dunkler Erdteil (330)
Bilder aus ihrem Leben (658)

ISBN 3-492-10307-3
Neuausgabe 1983
10. Auflage, 40.–44. Tausend April 1987
(4. Auflage, 18.–22. Tausend dieser Ausgabe)

Umschlag: Federico Luci
Foto Umschlagrückseite: Heinz Bachmann
Druck und Bindung: Clausen & Bosse, Leck
Printed in Germany

INHALT

I

DAS SPIEL IST AUS

Mein lieber Bruder, wann bauen wir uns ein Floß
und fahren den Himmel hinunter?
Mein lieber Bruder, bald ist die Fracht zu groß
und wir gehen unter.

Mein lieber Bruder, wir zeichnen aufs Papier
viele Länder und Schienen.
Gib acht, vor den schwarzen Linien hier
fliegst du hoch mit den Minen.

Mein lieber Bruder, dann will ich an den Pfahl
gebunden sein und schreien.
Doch du reitest schon aus dem Totental
und wir fliehen zu zweien.

Wach im Zigeunerlager und wach im Wüstenzelt,
es rinnt uns der Sand aus den Haaren,
dein und mein Alter und das Alter der Welt
mißt man nicht mit den Jahren.

Laß dich von listigen Raben, von klebriger Spinnenhand
und der Feder im Strauch nicht betrügen,
iß und trink auch nicht im Schlaraffenland,
es schäumt Schein in den Pfannen und Krügen.

Nur wer an der goldenen Brücke für die Karfunkelfee
das Wort noch weiß, hat gewonnen.
Ich muß dir sagen, es ist mit dem letzten Schnee
im Garten zerronnen.

Von vielen, vielen Steinen sind unsre Füße so wund.
Einer heilt. Mit dem wollen wir springen,
bis der Kinderkönig, mit dem Schlüssel zu seinem Reich im Mund,
uns holt, und wir werden singen:

Es ist eine schöne Zeit, wenn der Dattelkern keimt!
Jeder, der fällt, hat Flügel.
Roter Fingerhut ist's, der den Armen das Leichentuch säumt,
und dein Herzblatt sinkt auf mein Siegel.

Wir müssen schlafen gehn, Liebster, das Spiel ist aus.
Auf Zehenspitzen. Die weißen Hemden bauschen.
Vater und Mutter sagen, es geistert im Haus,
wenn wir den Atem tauschen.

VON EINEM LAND, EINEM FLUSS UND DEN SEEN

I

Von einem, der das Fürchten lernen wollte
und fortging aus dem Land, von Fluß und Seen,
zähl ich die Spuren und des Atems Wolken,
denn, so Gott will, wird sie der Wind verwehn!

Zähl und halt ein – sie werden vielen gleichen.
Die Lose ähneln sich, die Odysseen.
Doch er erfuhr, daß wo die Lämmer weiden,
schon Wölfe mit den Fixsternblicken stehn.

Er fühlte seine Welle ausgeschrieben,
eh sie ihn wegtrug und ihm Leid geschah;
sie sprang im See auf und sie schwang die Wiege,
in die sein Sternbild durch die Schleier sah.

Er schüttelte und trat die tauben Nüsse,
den Hummeln schlug er schärfre Töne vor,
und Sonntag war ihm mehr als Glockensüße –
Sonntag war jeder Tag, den er verlor.

Er zog den Karren aus verweichten Gleisen,
von keinem leichten Rädergang verführt,
beim Aufschrei, den die Wasser weiterreichten
an Seen, vom ersten Steinschlag aufgerührt.

Doch sieben Steine wurden sieben Brote,
als er im Zweifel in die Nacht entwich;
er tauchte durch den Duft und streute Krumen
im Gehn für den Verlornen hinter sich.

Erinnre dich! Du weißt jetzt allerlanden:
wer treu ist, wird im Frühlicht heimgeführt.
O Zeit gestundet, Zeit uns überlassen!
Was ich vergaß, hat glänzend mich berührt.

II

Im Frühlicht rücken Brunnen in die Mitte,
der Pfarrer, das Brevier, der Sonntagsstaat,
die kalten Pfeifen und die schwarzen Hüte,
Leib, Ehr und Gut vor allerhöchsten Rat.

Untätig steht der Fluß, die Weiden baden,
die Königskerzen leuchten bis ins Haus,
das schwere Essen ist schon aufgetragen,
und alle Sprüche gehn auf Amen aus.

Die Nachmittage, hell und ungeheuer –
die Nadel springt im Strumpf, Gewöll zerreißt,
und das Geschirr der Pferde wird gescheuert,
bis eins erklirrt, mit dem Fallada reist.

Die Alten liegen in den dumpfen Stuben,
das Testament im Arm, im zweiten Schlaf,
und ihre Söhne zeugen wortlos Söhne
mit Mägden, die der Gott als Regen traf.

Gestillte Lippen und gestillte Augen –
die Raupen hängen eingepuppt im Schrein,
und Dunggeruch steigt mit den Fliegentrauben
bei früher Dämmrung durch die Fenster ein.

Am Abend Stimmenauflauf an den Zäunen,
Andacht und Rosen werden laut zerpflückt,
die Katzen scheuchen auf aus ihren Träumen,
und rote Mieder hat der Wind verrückt.

Die Zöpfe lösen sich, die Schattenpaare
im Nebel auf, vom nahen Hügel rollt
der unfruchtbare Mond, besetzt die Äcker
und nimmt das Land für eine Nacht in Sold.

III

Dem Hügelzug ist eine Burg geblieben,
vom Berg geschützt, der Felsen um sie stellt,
den Geier ausschickt mit dem Krallensiegel,
dem Königswappen, eh sie ganz verfällt.

Es sind drei Tote hinterm Wall verborgen;
von einem weht vom Wachtturm noch das Haar,
von einem heißt es, daß er Steine schleudert,
von einem, daß er doppelköpfig war.

Der stiftet Brand, dem sie zu dritt befehlen,
der mordet, den ein schwarzes Haar umschlingt,
und wer den Stein aufhebt, wird selber sterben,
noch diesen Abend, eh die Amsel singt.

Die unbeschuhten Geister auf den Zinnen,
der unbewehrte Leichnam im Verlies,
im Gästebuch die Namen der Beschauer –
die Nacht vertuscht sie, die uns kommen hieß.

Sie schlägt den Erdplan auf, verschweigt die Ziele;
sie trägt die Zeit als eine Eiszeit ein,
die Schotterstege über die Moränen,
den Weg zu Grauwack und zu Kreidestein.

Die Drachenzeichnung lobt sie und die Festung,
vom Faltenwurf der frühen Welt umwallt,
wo oben unten war und unten oben.
Die Scholle tanzt noch überm blauen Spalt.

Ins Schwemmland führt die Nacht. Es schwemmt uns wieder
ins Kellerland der kalten neuen Zeit.
So such im Höhlenbild den Traum vom Menschen!
Die Schneehuhnfeder steck dir an das Kleid.

IV

In andren Hüllen gingen wir vorzeiten,
du gingst im Fuchspelz, ich im Iltiskleid;
noch früher waren wir die Marmelblumen,
in einer tiefen Tibetschlucht verschneit.

Wir standen zeitlos, lichtlos in Kristallen
und schmolzen in der ersten Stunde hin,
uns überrann der Schauer alles Lebens,
wir blühten auf, bestäubt vom ersten Sinn.

Wir wanderten im Wunder und wir streiften
die alten Kleider ab und neue an.
Wir sogen Kraft aus jedem neuen Boden
und hielten nie mehr unsren Atem an.

Wir waren leicht als Vögel, schwer als Bäume,
kühn als Delphin und still als Vogelei.
Wir waren tot, lebendig, bald ein Wesen
und bald ein Ding. (Wir werden niemals frei!)

Wir konnten uns nicht halten und wir zogen
in jeden Körper voller Freude ein.
(Und niemand sag ich, was du mir bedeutest –
die sanfte Taube einem rauhen Stein!)

Du liebtest mich. Ich liebte deine Schleier,
die lichten Stoffe, die den Stoff umwehn,
und ohne Neugier hielt ich dich in Nächten.
(Wenn du nur liebst! Ich will dich ja nicht sehn!)

Wir kamen in das Land mit seinen Quellen.
Urkunden fanden wir. Das ganze Land,
so grenzenlos und so geliebt, war unser.
Es hatte Platz in deiner Muschelhand.

V

Wer weiß, wann sie dem Land die Grenzen zogen
und um die Kiefern Stacheldrahtverhau?
Der Wildbach hat die Zündschnur ausgetreten,
der Fuchs vertrieb den Sprengstoff aus dem Bau.

Wer weiß, was sie auf Grat und Gipfel suchten?
Ein Wort? Wir haben's gut im Mund verwahrt;
es spricht sich schöner aus in beiden Sprachen
und wird, wenn wir verstummen, noch gepaart.

Wo anders sinkt der Schlagbaum auf den Pässen;
hier wird ein Gruß getauscht, ein Brot geteilt.
Die Handvoll Himmel und ein Tuch voll Erde
bringt jeder mit, damit die Grenze heilt.

Wenn sich in Babel auch die Welt verwirrte,
man deine Zunge dehnte, meine bog –
die Hauch- und Lippenlaute, die uns narren,
sprach auch der Geist, der durch Judäa zog.

Seit uns die Namen in die Dinge wiegen,
wir Zeichen geben, uns ein Zeichen kommt,
ist Schnee nicht nur die weiße Fracht von oben,
ist Schnee auch Stille, die uns überkommt.

Daß uns nichts trennt, muß jeder Trennung fühlen;
in gleicher Luft spürt er den gleichen Schnitt.
Nur grüne Grenzen und der Lüfte Grenzen
vernarben unter jedem Nachtwindschritt.

Wir aber wollen über Grenzen sprechen,
und gehn auch Grenzen noch durch jedes Wort:
wir werden sie vor Heimweh überschreiten
und dann im Einklang stehn mit jedem Ort.

VI

Der Schlachttag naht mit hellem Messerwirbel,
die matten Klingen schleift der Morgenwind,
und aus der Brise gehn gestärkt die Schürzen
der Männer, die ums Vieh versammelt sind.

Die Stricke werden fester angezogen,
die Mäuler schäumen, und die Zunge schwimmt;
der Nachbar sorgt für Salz und Pfefferkörner,
und das Gewicht der Opfer wird bestimmt.

Es wollen hier die Toten leichter wiegen,
denn das Lebendige, dem Blut nicht fehlt,
– und mehr als Leben wehrt sich auf der Waage! –
gibt hier den Ausschlag, den kein Zeiger zählt.

Drum meid die Hunde mit den heißen Lefzen
und den Gemeinen, der mit rohem Blut
sich volltrinkt, bis es Schatten übersetzen
in schwarzer Lachen herrenloses Gut.

Und einen Blutsturz später: Wangenflecken –
die erste Scham, weil Schmerz und Schuld bestehn
und Eingeweide ausgenommner Tiere
in Zeichen erster Zukunft übergehn;

weil süßem Fleisch und markgefüllten Knochen
ein Atem ausbleibt, wo der deine geht.
Den Ahnenrock am abgestellten Rocken
hat unversehens Spinnweb überweht.

Die Augen gehen über. Jahre sinken.
Die junge Braue fühlt den weißen Stift.
Und die Gerippe steigen aus dem Anger,
die Kreuze mit der dürren Blumenschrift.

VII

Zum Fest sind alle Seelen rein gewaschen,
der Bretterboden wird gelaugt vorm Tanz,
die Kinder hauchen gläubig in das Wasser,
am Halm erscheint der schöne Seifenglanz.

Der Maskenzug biegt um die Häuserzeile,
Strohpuppen torkeln an die Weizenwand,
die Reiter sprengen über Blumenbarren,
und die Musik zieht in das Sommerland.

Maultrommeln klagen zu den Flötenstimmen.
Die Axt der Nacht fällt in das morsche Licht.
Der Krüppel reicht den Buckel zum Befingern.
Der Idiot entdeckt sein Traumgesicht.

Der Holzstoß flammt: die Werke und die Tage
holt er vorm Anlauf, vor dem neuen Mond;
die Samen und die Funken gehn zu Sternen,
und sie erfahren, was im Himmel lohnt.

Die Schüsse überfliegen Tannenzüge.
Ein Schuß fällt immer, der im Fleisch verhallt.
Und Einer bleibt am Ort, verscharrt in Nadeln
und stumm gemacht vom Moos im schwarzen Wald.

Zum Kehraus drängen traurige Gendarmen.
Die Füße stampfen einen wilden Reim,
und umgestimmt vom strömenden Wacholder
schwanken verloren die Betrunknen heim.

Im Dunkel flattern lange die Girlanden,
und das Papier treibt schaurig übers Dach.
Der Wind räumt auf in den verlassnen Buden
und trägt den Träumern Zuckerherzen nach.

VIII

(Hab ich sie nicht erfunden, diese Seen
und diesen Fluß! Und kennt noch wer den Berg?
Geht einer durch ein Land mit Riesenschritten,
verläßt sich einer auf den guten Zwerg?

Die Himmelsrichtung? Und die Wendekreise?
Du fragst noch?! Nimm dein feurigstes Gespann,
fahr diesen Erdball ab, roll mit den Tränen
die Welt entlang! Dort kommst du niemals an.

Was ruft uns, daß sich so die Haare sträuben?
Tollkirschen schwingen um das heiße Ohr.
Die Adern lärmen, überfüllt von Stille.
Die Totenglocke schaukelt überm Tor.

Was kümmern uns die ländlich blinden Fenster,
das Lämmerzeug, der Schorf, das Altenteil?
Nach Unverwandtem trachten Mund und Augen.
Uns wird die bleibende Figur zuteil.

Was sind uns Pferde und die braunen Wolken,
Windwolf und Irrlicht, braver Hörnerschall!
Wir sind zu andren Zielen aufgestiegen,
und andre Hürden bringen uns zu Fall.

Was kümmern uns der Mond und was die Sterne,
uns, deren Stirnen dunkeln und erglühn!
Beim Untergang des schönsten aller Länder
sind wir's, die es als Traum nach innen ziehn.

Wo ist Gesetz, wo Ordnung? Wo erscheinen
uns ganz begreiflich Blatt und Baum und Stein?
Zugegen sind sie in der schönen Sprache,
im reinen Sein ...)

IX

Es kommt der Bruder mit den Weißdornaugen,
den Hecken auf der Brust, dem Vogelleim;
die Amsel fliegt im Sturz auf seine Rute
und treibt mit ihm die Rinderherde heim.

In seinen blonden Haaren wird sie nisten,
im Stall, wenn er in Halmen untergeht,
den Tierdunst atmet, nach dem Schattenhalfter
und einem Rappen für den Sattel späht.

Ins Rosenöl wird sie den Schnabel tunken,
in seine Augen tropft sie Rosenlicht.
Die Nacht steigt in ihr schwellendes Gefieder
und hebt sie auf im seligen Verzicht.

»O Schwester sing, so sing von fernen Tagen!«
»Bald sing ich, bald, an einem schönren Ort.«
»O sing und web den Teppich aus den Liedern
und flieg auf ihm mit mir noch heute fort!

Halt mit mir Rast, wo Bienen uns bewirten,
mich Engelschön im Engelhut besucht ...«
»Bald sing ich – doch im Turm beginnt's zu schwirren,
schlaf ein! es ist die Zeit der Eulenflucht.«

Die Kürbisleuchter machen ihre Runde,
der Knecht springt auf, die Peitsche in der Hand,
er starrt ins Licht und überrascht die Amsel
am Ausgang in das letzte Hirtenland.

Die Sense ficht mit ihren wilden Flügeln,
die Gabel sticht die Flatternde ans Tor.
Doch eh den Schläfer ihre Schreie wecken,
erschrickt sein Herz im ersten Rosenflor.

X

Im Land der tiefen Seen und der Libellen,
den Mund erschöpft ans Urgestein gepreßt,
ruft einer nach dem Geist der ersten Helle,
eh er für immer dieses Land verläßt.

Im Schaumkraut badet er die wehen Augen;
kalt und entzaubert sieht er, was er sah.
Was unbesiegbar macht, wird ihm gegeben:
das weite Herz und die Harmonika.

Es ist die Zeit des Apfelmosts, der Schwalben;
den Fässern wird das Spundloch eingedrückt.
Wer jetzt trinkt, trinkt auf schwarze Vogelzüge,
und jede Ferne macht sein Herz verrückt.

Er schließt die Schmieden, Mühlen und Kapellen,
er geht durchs Maisfeld, schlägt die Kolben ab,
die Körner springen auf mit goldnen Funken,
und es erlischt schon, was ihm Nahrung gab.

Zum Abschied schwören die Geschwister
auf ihren Bund aus Schweigen und Vertraun.
Der Klettenkranz wird aus dem Haar gerissen,
und keines wagt, vom Boden aufzuschaun.

Die Vogelnester stürzen aus den Ästen,
der Zunder brennt, das Feuer wühlt im Laub,
und an den blauen Bienenstöcken rächen
die Engel den verjährten Honigraub.

O Engelstille, wenn im Gehn die Fäden
in alle Lüfte ausgeworfen sind!
Zu allem frei, wird sich die Hand nicht lösen,
die einen fängt vorm Gang ins Labyrinth.

ANRUFUNG DES GROSSEN BÄREN

Großer Bär, komm herab, zottige Nacht,
Wolkenpelztier mit den alten Augen,
Sternenaugen,
durch das Dickicht brechen schimmernd
deine Pfoten mit den Krallen,
Sternenkrallen,
wachsam halten wir die Herden,
doch gebannt von dir, und mißtrauen
deinen müden Flanken und den scharfen
halbentblößten Zähnen,
alter Bär.

Ein Zapfen: eure Welt.
Ihr: die Schuppen dran.
Ich treib sie, roll sie
von den Tannen im Anfang
zu den Tannen am Ende,
schnaub sie an, prüf sie im Maul
und pack zu mit den Tatzen.

Fürchtet euch oder fürchtet euch nicht!
Zahlt in den Klingelbeutel und gebt
dem blinden Mann ein gutes Wort,
daß er den Bären an der Leine hält.
Und würzt die Lämmer gut.

s' könnt sein, daß dieser Bär
sich losreißt, nicht mehr droht
und alle Zapfen jagt, die von den Tannen
gefallen sind, den großen, geflügelten,
die aus dem Paradiese stürzten.

MEIN VOGEL

Was auch geschieht: die verheerte Welt
sinkt in die Dämmrung zurück,
einen Schlaftrunk halten ihr die Wälder bereit,
und vom Turm, den der Wächter verließ,
blicken ruhig und stet die Augen der Eule herab.

Was auch geschieht: du weißt deine Zeit,
mein Vogel, nimmst deinen Schleier
und fliegst durch den Nebel zu mir.

Wir äugen im Dunstkreis, den das Gelichter bewohnt.
Du folgst meinem Wink, stößt hinaus
und wirbelst Gefieder und Fell –

Mein eisgrauer Schultergenoß, meine Waffe,
mit jener Feder besteckt, meiner einzigen Waffe!
Mein einziger Schmuck: Schleier und Feder von dir.

Wenn auch im Nadeltanz unterm Baum
die Haut mir brennt
und der hüfthohe Strauch
mich mit würzigen Blättern versucht,
wenn meine Locke züngelt,
sich wiegt und nach Feuchte verzehrt,
stürzt mir der Sterne Schutt
doch genau auf das Haar.

Wenn ich vom Rauch behelmt
wieder weiß, was geschieht,
mein Vogel, mein Beistand des Nachts,
wenn ich befeuert bin in der Nacht,
knistert's im dunklen Bestand,
und ich schlage den Funken aus mir.

Wenn ich befeuert bleib wie ich bin
und vom Feuer geliebt,
bis das Harz aus den Stämmen tritt,
auf die Wunden träufelt und warm
die Erde verspinnt,
(und wenn du mein Herz auch ausraubst des Nachts,
mein Vogel auf Glauben und mein Vogel auf Treu!)
rückt jene Warte ins Licht,
die du, besänftigt,
in herrlicher Ruhe erfliegst –
was auch geschieht.

II

LANDNAHME

Ins Weideland kam ich,
als es schon Nacht war,
in den Wiesen die Narben witternd
und den Wind, eh er sich regte.
Die Liebe graste nicht mehr,
die Glocken waren verhallt
und die Büschel verhärmt.

Ein Horn stak im Land,
vom Leittier verrannt,
ins Dunkel gerammt.

Aus der Erde zog ich's,
zum Himmel hob ich's
mit ganzer Kraft.

Um dieses Land mit Klängen
ganz zu erfüllen,
stieß ich ins Horn,
willens im kommenden Wind
und unter den wehenden Halmen
jeder Herkunft zu leben!

CURRICULUM VITAE

Lang ist die Nacht,
lang für den Mann,
der nicht sterben kann, lang
unter Straßenlaternen schwankt
sein nacktes Aug und sein Aug
schnapsatemblind, und Geruch
von nassem Fleisch unter seinen Nägeln
betäubt ihn nicht immer, o Gott,
lang ist die Nacht.

Mein Haar wird nicht weiß,
denn ich kroch aus dem Schoß von Maschinen,
Rosenrot strich mir Teer auf die Stirn
und die Strähnen, man hatt' ihr
die schneeweiße Schwester erwürgt. Aber ich,
der Häuptling, schritt durch die Stadt
von zehnmalhunderttausend Seelen, und mein Fuß
trat auf die Seelenasseln unterm Lederhimmel, aus dem
zehnmalhunderttausend Friedenspfeifen
hingen, kalt. Engelsruhe
wünscht' ich mir oft
und Jagdgründe, voll
vom ohnmächtigen Geschrei
meiner Freunde.

Mit gespreizten Beinen und Flügeln,
binsenweis stieg die Jugend
über mich, über Jauche, über Jasmin ging's
in die riesigen Nächte mit dem Quadrat-
wurzelgeheimnis, es haucht die Sage
des Tods stündlich mein Fenster an,
Wolfsmich gebt mir und schüttet
in meinen Rachen das Lachen
der Alten vor mir, wenn ich in Schlaf
fall über den Folianten,

in den beschämenden Traum,
daß ich nicht taug für Gedanken,
mit Troddeln spiel,
aus denen Schlangen fransen.

Auch unsere Mütter haben
von der Zukunft ihrer Männer geträumt,
sie haben sie mächtig gesehen,
revolutionär und einsam,
doch nach der Andacht im Garten
über das flammende Unkraut gebeugt,
Hand in Hand mit dem geschwätzigen
Kind ihrer Liebe. Mein trauriger Vater,
warum habt ihr damals geschwiegen
und nicht weitergedacht?

Verloren in den Feuerfontänen,
in einer Nacht neben einem Geschütz,
das nicht feuert, verdammt lang
ist die Nacht, unter dem Auswurf
des gelbsüchtigen Monds, seinem galligen
Licht, fegt in der Machttraumspur
über mich (das halt ich nicht ab)
der Schlitten mit der verbrämten
Geschichte hinweg.
Nicht daß ich schlief: wach war ich,
zwischen Eisskeletten sucht' ich den Weg,
kam heim, wand mir Efeu
um Arm und Bein und weißte
mit Sonnenresten die Ruinen.
Ich hielt die hohen Feiertage,
und erst wenn es gelobt war,
brach ich das Brot.

In einer großspurigen Zeit
muß man rasch von einem Licht
ins andre gehen, von einem Land

ins andre, unterm Regenbogen,
die Zirkelspitze im Herzen,
zum Radius genommen die Nacht.
Weit offen. Von den Bergen
sieht man Seen, in den Seen
Berge, und im Wolkengestühl
schaukeln die Glocken
der einen Welt. Wessen Welt
zu wissen, ist mir verboten.

An einem Freitag geschah's
– ich fastete um mein Leben,
die Luft troff vom Saft der Zitronen
und die Gräte stak mir im Gaumen –
da löst' ich aus dem entfalteten Fisch
einen Ring, der, ausgeworfen
bei meiner Geburt, in den Strom
der Nacht fiel und versank.
Ich warf ihn zurück in die Nacht.

O hätt ich nicht Todesfurcht!
Hätt ich das Wort,
(verfehlt ich's nicht),
hätt ich nicht Disteln im Herz,
(schlüg ich die Sonne aus),
hätt ich nicht Gier im Mund,
(tränk ich das wilde Wasser nicht),
schlüg ich die Wimper nicht auf,
(hätt ich die Schnur nicht gesehn).
Ziehn sie den Himmel fort?
Trüg mich die Erde nicht,
läg ich schon lange still,
läg ich schon lang,
wo die Nacht mich will,
eh sie die Nüstern bläht
und ihren Huf hebt
zu neuen Schlägen,

immer zum Schlag.
Immer die Nacht.
Und kein Tag.

HEIMWEG

Nacht aus Schlüsselblumen
und verwunschnem Klee,
feuchte mir die Füße,
daß ich leichter geh.

Der Vampir im Rücken
übt den Kinderschritt,
und ich hör ihn atmen,
wenn er kreuzweis tritt.

Folgt er mir schon lange?
Hab ich wen gekränkt?
Was mich retten könnte,
ist noch nicht verschenkt.

Wo die Halme zelten
um den Felsenspund,
bricht es aus der Quelle
altem, klarem Mund:

»Um nicht zu verderben,
bleib nicht länger aus,
hör das Schlüsselklirren,
komm ins Wiesenhaus!

Reinen Fleischs wird sterben,
wer es nicht mehr liebt,
über Rausch und Trauer
nur mehr Nachricht gibt.«

Mit der Kraft des Übels,
das mich niederschlug,
weitet seine Schwinge
der Vampir im Flug,

hebt die tausend Köpfe,
Freund- und Feindgesicht,
vom Saturn beschattet,
der den Ring zerbricht.

Ist das Mal gerissen
in die Nackenhaut,
öffnen sich die Türen
grün und ohne Laut.

Und die Wiesenschwelle
glänzt von meinem Blut.
Deck mir, Nacht, die Augen
mit dem Narrenhut.

NEBELLAND

Im Winter ist meine Geliebte
unter den Tieren des Waldes.
Daß ich vor Morgen zurückmuß,
weiß die Füchsin und lacht.
Wie die Wolken erzittern! Und mir
auf den Schneekragen fällt
eine Lage von brüchigem Eis.

Im Winter ist meine Geliebte
ein Baum unter Bäumen und lädt
die glückverlassenen Krähen
ein in ihr schönes Geäst. Sie weiß,
daß der Wind, wenn es dämmert,
ihr starres, mit Reif besetztes
Abendkleid hebt und mich heimjagt.

Im Winter ist meine Geliebte
unter den Fischen und stumm.
Hörig den Wassern, die der Strich
ihrer Flossen von innen bewegt,
steh ich am Ufer und seh,
bis mich Schollen vertreiben,
wie sie taucht und sich wendet.

Und wieder vom Jagdruf des Vogels
getroffen, der seine Schwingen
über mir steift, stürz ich
auf offenem Feld: sie entfiedert
die Hühner und wirft mir ein weißes
Schlüsselbein zu. Ich nehm's um den Hals
und geh fort durch den bitteren Flaum.

Treulos ist meine Geliebte,
ich weiß, sie schwebt manchmal
auf hohen Schuh'n nach der Stadt,

sie küßt in den Bars mit dem Strohhalm
die Gläser tief auf den Mund,
und es kommen ihr Worte für alle.
Doch diese Sprache verstehe ich nicht.

Nebelland hab ich gesehen,
Nebelherz hab ich gegessen.

DIE BLAUE STUNDE

Der alte Mann sagt: mein Engel, wie du willst,
wenn du nur den offenen Abend stillst
und an meinem Arm eine Weile gehst,
den Wahrspruch verschworener Linden verstehst,
die Lampen, gedunsen, betreten im Blau,
letzte Gesichter! nur deins glänzt genau.
Tot die Bücher, entspannt die Pole der Welt,
was die dunkle Flut noch zusammenhält,
die Spange in deinem Haar, scheidet aus.
Ohne Aufenthalt Windzug in meinem Haus,
Mondpfiff – dann auf freier Strecke der Sprung,
die Liebe, geschleift von Erinnerung.

Der junge Mann fragt: und wirst du auch immer?
Schwör's bei den Schatten in meinem Zimmer,
und ist der Lindenspruch dunkel und wahr,
sag ihn her mit Blüten und öffne dein Haar
und den Puls der Nacht, die verströmen will!
Dann ein Mondsignal, und der Wind steht still.
Gesellig die Lampen im blauen Licht,
bis der Raum mit der vagen Stunde bricht,
unter sanften Bissen dein Mund einkehrt
bei meinem Mund, bis dich Schmerz belehrt:
lebendig das Wort, das die Welt gewinnt,
ausspielt und verliert, und Liebe beginnt.

Das Mädchen schweigt, bis die Spindel sich dreht.
Sterntaler fällt. Die Zeit in den Rosen vergeht: –
Ihr Herren, gebt mir das Schwert in die Hand,
und Jeanne d'Arc rettet das Vaterland.
Leute, wir bringen das Schiff durchs Eis,
ich halte den Kurs, den keiner mehr weiß.
Kauft Anemonen! drei Wünsche das Bund,
die schließen vorm Hauch eines Wunsches den Mund.
Vom hohen Trapez im Zirkuszelt

spring ich durch den Feuerreifen der Welt,
ich gebe mich in die Hand meines Herrn,
und er schickt mir gnädig den Abendstern.

ERKLÄR MIR, LIEBE

Dein Hut lüftet sich leis, grüßt, schwebt im Wind,
dein unbedeckter Kopf hat's Wolken angetan,
dein Herz hat anderswo zu tun,
dein Mund verleibt sich neue Sprachen ein,
das Zittergras im Land nimmt überhand,
Sternblumen bläst der Sommer an und aus,
von Flocken blind erhebst du dein Gesicht,
du lachst und weinst und gehst an dir zugrund,
was soll dir noch geschehen –

Erklär mir, Liebe!

Der Pfau, in feierlichem Staunen, schlägt sein Rad,
die Taube stellt den Federkragen hoch,
vom Gurren überfüllt, dehnt sich die Luft,
der Entrich schreit, vom wilden Honig nimmt
das ganze Land, auch im gesetzten Park
hat jedes Beet ein goldner Staub umsäumt.

Der Fisch errötet, überholt den Schwarm
und stürzt durch Grotten ins Korallenbett.
Zur Silbersandmusik tanzt scheu der Skorpion.
Der Käfer riecht die Herrlichste von weit;
hätt ich nur seinen Sinn, ich fühlte auch,
daß Flügel unter ihrem Panzer schimmern,
und nähm den Weg zum fernen Erdbeerstrauch!

Erklär mir, Liebe!

Wasser weiß zu reden,
die Welle nimmt die Welle an der Hand,
im Weinberg schwillt die Traube, springt und fällt.
So arglos tritt die Schnecke aus dem Haus!

Ein Stein weiß einen andern zu erweichen!

Erklär mir, Liebe, was ich nicht erklären kann:
sollt ich die kurze schauerliche Zeit
nur mit Gedanken Umgang haben und allein
nichts Liebes kennen und nichts Liebes tun?
Muß einer denken? Wird er nicht vermißt?

Du sagst: es zählt ein andrer Geist auf ihn . . .
Erklär mir nichts. Ich seh den Salamander
durch jedes Feuer gehen.
Kein Schauer jagt ihn, und es schmerzt ihn nichts.

SCHERBENHÜGEL

Vom Frost begattet die Gärten –
das Brot in den Öfen verbrannt –
der Kranz aus den Erntelegenden
ist Zunder in deiner Hand.

Verstumm! Verwahr deinen Bettel,
die Worte, von Tränen bestürzt,
unter dem Hügel aus Scherben,
der immer die Furchen schürzt.

Wenn alle Krüge zerspringen,
was bleibt von den Tränen im Krug?
Unten sind Spalten voll Feuer,
sind Flammenzungen am Zug.

Erschaffen werden noch Dämpfe
beim Wasser- und Feuerlaut.
O Aufgang der Wolken, der Worte,
dem Scherbenberg anvertraut!

TAGE IN WEISS

In diesen Tagen steh ich auf mit den Birken
und kämm mir das Weizenhaar aus der Stirn
vor einem Spiegel aus Eis.

Mit meinem Atem vermengt,
flockt die Milch.
So früh schäumt sie leicht.
Und wo ich die Scheibe behauch, erscheint,
von einem kindlichen Finger gemalt,
wieder dein Name: Unschuld!
Nach so langer Zeit.

In diesen Tagen schmerzt mich nicht,
daß ich vergessen kann
und mich erinnern muß.

Ich liebe. Bis zur Weißglut
lieb ich und danke mit englischen Grüßen.
Ich hab sie im Fluge erlernt.

In diesen Tagen denk ich des Albatros',
mit dem ich mich auf-
und herüberschwang
in ein unbeschriebenes Land.

Am Horizont ahne ich,
glanzvoll im Untergang,
meinen fabelhaften Kontinent
dort drüben, der mich entließ
im Totenhemd.

Ich lebe und höre von fern seinen Schwanengesang!

HARLEM

Von allen Wolken lösen sich die Dauben,
der Regen wird durch jeden Schacht gesiebt,
der Regen springt von allen Feuerleitern
und klimpert auf dem Kasten voll Musik.

Die schwarze Stadt rollt ihre weißen Augen
und geht um jede Ecke aus der Welt.
Die Regenrhythmen unterwandert Schweigen.
Der Regenblues wird abgestellt.

REKLAME

Wohin aber gehen wir
ohne sorge sei ohne sorge
wenn es dunkel und wenn es kalt wird
sei ohne sorge
aber
mit musik
was sollen wir tun
heiter und mit musik
und denken
heiter
angesichts eines Endes
mit musik
und wohin tragen wir
am besten
unsre Fragen und den Schauer aller Jahre
in die Traumwäscherei ohne sorge sei ohne sorge
was aber geschieht
am besten
wenn Totenstille

eintritt

TOTER HAFEN

Feuchte Flaggen hängen an den Masten
in den Farben, die kein Land je trug,
und sie wehen für verschlammte Sterne
und den Mond, der grün im Mastkorb ruht.

Wasserwelt aus den Entdeckerzeiten!
Wellen überwuchern jeden Weg,
und von oben tropft das Licht aus Netzen
neuer Straßen, in die Luft verlegt.

Drunten blättern Wasser in den Bibeln,
und die Kompaßnadel steht auf Nacht.
Aus den Träumen wird das Gold gewaschen,
und dem Meer bleibt die Verlassenschaft.

Nicht ein Land, nicht eins blieb unbetreten!
Und zerrissen treibt das Seemannsgarn,
denn die tollen, lachenden Entdecker
fielen in den toten Wasserarm.

REDE UND NACHREDE

Komm nicht aus unsrem Mund,
Wort, das den Drachen sät.
s' ist wahr, die Luft ist schwül,
vergoren und gesäuert schäumt das Licht,
und überm Sumpf hängt schwarz der Mückenflor.

Der Schierling bechert gern.
Ein Katzenfell liegt aus,
die Schlange faucht darauf,
der Skorpion tanzt an.

Dring nicht an unser Ohr,
Gerücht von andrer Schuld,
Wort, stirb im Sumpf,
aus dem der Tümpel quillt.

Wort, sei bei uns
von zärtlicher Geduld
und Ungeduld. Es muß dies Säen
ein Ende nehmen!

Dem Tier beikommen wird nicht, wer den Tierlaut nachahmt.
Wer seines Betts Geheimnis preisgibt, verwirkt sich alle Liebe.
Des Wortes Bastard dient dem Witz, um einen Törichten zu opfern.

Wer wünscht von dir ein Urteil über diesen Fremden?
Und fällst du's unverlangt, geh du von Nacht zu Nacht
mit seinen Schwären an den Füßen weiter, geh! komm nicht wieder.

Wort, sei von uns,
freisinnig, deutlich, schön.
Gewiß muß es ein Ende nehmen,
sich vorzusehen.

(Der Krebs zieht sich zurück,
der Maulwurf schläft zu lang,
das weiche Wasser löst
den Kalk, der Steine spann.)

Komm, Gunst aus Laut und Hauch,
befestig diesen Mund,
wenn seine Schwachheit uns
entsetzt und hemmt.

Komm und versag dich nicht,
da wir im Streit mit soviel Übel stehen.
Eh Drachenblut den Widersacher schützt,
fällt diese Hand ins Feuer.
Mein Wort, errette mich!

WAS WAHR IST

Was wahr ist, streut nicht Sand in deine Augen,
was wahr ist, bitten Schlaf und Tod dir ab
als eingefleischt, von jedem Schmerz beraten,
was wahr ist, rückt den Stein von deinem Grab.

Was wahr ist, so entsunken, so verwaschen
in Keim und Blatt, im faulen Zungenbett
ein Jahr und noch ein Jahr und alle Jahre –
was wahr ist, schafft nicht Zeit, es macht sie wett.

Was wahr ist, zieht der Erde einen Scheitel,
kämmt Traum und Kranz und die Bestellung aus,
es schwillt sein Kamm und voll gerauften Früchten
schlägt es in dich und trinkt dich gänzlich aus.

Was wahr ist, unterbleibt nicht bis zum Raubzug,
bei dem es dir vielleicht ums Ganze geht.
Du bist sein Raub beim Aufbruch deiner Wunden;
nichts überfällt dich, was dich nicht verrät.

Es kommt der Mond mit den vergällten Krügen.
So trink dein Maß. Es sinkt die bittre Nacht.
Der Abschaum flockt den Tauben ins Gefieder,
wird nicht ein Zweig in Sicherheit gebracht.

Du haftest in der Welt, beschwert von Ketten,
doch treibt, was wahr ist, Sprünge in die Wand.
Du wachst und siehst im Dunkeln nach dem Rechten,
dem unbekannten Ausgang zugewandt.

III

DAS ERSTGEBORENE LAND

In mein erstgeborenes Land, in den Süden
zog ich und fand, nackt und verarmt
und bis zum Gürtel im Meer,
Stadt und Kastell.

Vom Staub in den Schlaf getreten
lag ich im Licht,
und vom ionischen Salz belaubt
hing ein Baumskelett über mir.

Da fiel kein Traum herab.

Da blüht kein Rosmarin,
kein Vogel frischt
sein Lied in Quellen auf.

In meinem erstgeborenen Land, im Süden
sprang die Viper mich an
und das Grausen im Licht.

O schließ
die Augen schließ!
Preß den Mund auf den Biß!

Und als ich mich selber trank
und mein erstgeborenes Land
die Erdbeben wiegten,
war ich zum Schauen erwacht.

Da fiel mir Leben zu.

Da ist der Stein nicht tot.
Der Docht schnellt auf,
wenn ihn ein Blick entzündet.

LIEDER VON EINER INSEL

Schattenfrüchte fallen von den Wänden,
Mondlicht tüncht das Haus, und Asche
erkalteter Krater trägt der Meerwind herein.

In den Umarmungen schöner Knaben
schlafen die Küsten,
dein Fleisch besinnt sich auf meins,
es war mir schon zugetan,
als sich die Schiffe
vom Land lösten und Kreuze
mit unsrer sterblichen Last
Mastendienst taten.

Nun sind die Richtstätten leer,
sie suchen und finden uns nicht.

Wenn du auferstehst,
wenn ich aufersteh,
ist kein Stein vor dem Tor,
liegt kein Boot auf dem Meer.

Morgen rollen die Fässer
sonntäglichen Wellen entgegen,
wir kommen auf gesalbten
Sohlen zum Strand, waschen
die Trauben und stampfen
die Ernte zu Wein,
morgen am Strand.

Wenn du auferstehst,
wenn ich aufersteh,

hängt der Henker am Tor,
sinkt der Hammer ins Meer.

Einmal muß das Fest ja kommen!
Heiliger Antonius, der du gelitten hast,
heiliger Leonhard, der du gelitten hast,
heiliger Vitus, der du gelitten hast.

Platz unsren Bitten, Platz den Betern,
Platz der Musik und der Freude!
Wir haben Einfalt gelernt,
wir singen im Chor der Zikaden,
wir essen und trinken,
die mageren Katzen
streichen um unseren Tisch,
bis die Abendmesse beginnt,
halt ich dich an der Hand
mit den Augen,
und ein ruhiges mutiges Herz
opfert dir seine Wünsche.

Honig und Nüsse den Kindern,
volle Netze den Fischern,
Fruchtbarkeit den Gärten,
Mond dem Vulkan, Mond dem Vulkan!

Unsre Funken setzten über die Grenzen,
über die Nacht schlugen Raketen
ein Rad, auf dunklen Flößen
entfernt sich die Prozession und räumt
der Vorwelt die Zeit ein,
den schleichenden Echsen,
der schlemmenden Pflanze,

dem fiebernden Fisch,
den Orgien des Winds und der Lust
des Bergs, wo ein frommer
Stern sich verirrt, ihm auf die Brust
schlägt und zerstäubt.

Jetzt seid standhaft, törichte Heilige,
sagt dem Festland, daß die Krater nicht ruhn!
Heiliger Rochus, der du gelitten hast,
o der du gelitten hast, heiliger Franz.

Wenn einer fortgeht, muß er den Hut
mit den Muscheln, die er sommerüber
gesammelt hat, ins Meer werfen
und fahren mit wehendem Haar,
er muß den Tisch, den er seiner Liebe
deckte, ins Meer stürzen,
er muß den Rest des Weins,
der im Glas blieb, ins Meer schütten,
er muß den Fischen sein Brot geben
und einen Tropfen Blut ins Meer mischen,
er muß sein Messer gut in die Wellen treiben
und seinen Schuh versenken,
Herz, Anker und Kreuz,
und fahren mit wehendem Haar!
Dann wird er wiederkommen.
Wann?
Frag nicht.

Es ist Feuer unter der Erde,
und das Feuer ist rein.

Es ist Feuer unter der Erde
und flüssiger Stein.

Es ist ein Strom unter der Erde,
der strömt in uns ein.

Es ist ein Strom unter der Erde,
der sengt das Gebein.

Es kommt ein großes Feuer,
es kommt ein Strom über die Erde.

Wir werden Zeugen sein.

NORD UND SÜD

Zu spät erreichten wir der Gärten Garten
in jenem Schlaf, von dem kein dritter weiß.
Im Ölzweig wollte ich den Schnee erwarten,
im Mandelbaum den Regen und das Eis.

Wie aber soll die Palme es verwinden,
daß du den Wall aus warmen Lauben schleifst,
wie soll ihr Blatt sich in den Nebel finden,
wenn du die Wetterkleider überstreifst?

Bedenk, der Regen machte dich befangen,
als ich den offnen Fächer zu dir trug.
Du schlugst ihn zu. Dir ist die Zeit entgangen,
seit ich mich aufhob mit dem Vogelzug.

BRIEF IN ZWEI FASSUNGEN

Rom im November abends besten Dank
das glatte Marmorriff die kalten Fliesen
die Gischt der Lichter eh die Tore schließen
der Klang mit dem erfrorne Gläser springen
der Singsang den sie aus Gitarren wringen
eh sie die Schädel in die Münzen stanzen
auf die Arena mit Zypressenlanzen!
der Holzwurm ist bei mir zu Tisch gesessen –
wie wohl ein Blatt aussieht das Raupen fressen?
und Herbst in Nebelland die bunten Lumpen
der Wälder unter großen Regenpumpen
ob es die Käuzchen gibt das Todeswerben
die Drachen die in warmen Sümpfen sterben
das Segel schwarz den Unglücksschrei der Raben
den Nordwind um die Wasser umzugraben
das Geisterschiff die Halden und die Heiden
schuttüberhäuft das Haus die Trauerweiden
verschuldet und verträn̈t am Strom aus Särgen
den Wahnsinn den sie aus der Tiefe bergen
Immer und Nimmermehr gemischt zum Trank
dein wehes Herz vergötternd alle Leiden
vernichtet und verloren liebeskrank . . .

Nachts im November Rom Einklang und Ruh
der Abschied ohne Kränkung ist vollzogen
die Augen hat ein reiner Glanz beflogen
die Säulen wachsen aus den Tamarinden
o Himmel den die blauen Töne binden!
es landen Disken in den Brunnenmitten
sie drehen sich zu leichten Rosenschritten
wollüstig dehnen Katzen ihre Krallen
der Schlaf hat einen letzten Stern befallen
der Mund entkommt den Küssen ohne Kerben
der Seidenschuh ist unverletzt von Scherben
rasch sinkt der Wein durch dämmernde Gedanken

springt wieder Licht mit seinen hellen Pranken
umgreift die Zeiten schleudert sie ins Heute
die Hügel stürmt die erste Automeute
vor Tempeln paradieren die Antennen
empfangen Morgenchöre und entbrennen
für jeden Marktschrei Preise Vogelrufe
ins Pflaster taucht die Spiegelschrift der Hufe
die Chrysanthemen schütten Gräber zu
Meerhauch und Bergwind mischen Duft und Tränen
ich bin inmitten – was erwartest du?

RÖMISCHES NACHTBILD

Wenn das Schaukelbrett die sieben Hügel
nach oben entführt, gleitet es auch,
von uns beschwert und umschlungen,
ins finstere Wasser,

taucht in den Flußschlamm, bis in unsrem Schoß
die Fische sich sammeln.
Ist die Reihe an uns,
stoßen wir ab.

Es sinken die Hügel,
wir steigen und teilen
jeden Fisch mit der Nacht.

Keiner springt ab.
So gewiß ist's, daß nur die Liebe
und einer den andern erhöht.

UNTER DEM WEINSTOCK

Unter dem Weinstock im Traubenlicht
reift dein letztes Gesicht.
Die Nacht muß das Blatt wenden.

Die Nacht muß das Blatt wenden,
wenn die Schale zerspringt
und aus dem Fruchtfleisch die Sonne dringt.

Die Nacht muß das Blatt wenden,
denn dein erstes Gesicht
steigt in dein Trugbild, gedämmt vom Licht.

Unter dem Weinstock im Traubenstrahl
prägt der Rausch dir ein Mal –
Die Nacht muß das Blatt wenden!

IN APULIEN

Unter den Olivenbäumen schüttet Licht die Samen aus,
Mohn erscheint und flackert wieder,
fängt das Öl und brennt es nieder,
und das Licht geht nie mehr aus.

Trommeln in den Höhlenstädten trommeln ohne Unterlaß,
weißes Brot und schwarze Lippen,
Kinder in den Futterkrippen
will der Fliegenschwarm zum Fraß.

Käm die Helle von den Feldern in den Troglodytentag,
könnt der Mohn aus Lampen rauchen,
Schmerz im Schlaf ihn ganz verbrauchen,
bis er nicht mehr brennen mag.

Esel stünden auf und trügen Wasserschläuche übers Land,
Schnüre stickten alle Hände,
Glas und Perlen für die Wände –
Tür im klingenden Gewand.

Die Madonnen stillten Kinder und der Büffel ging' vorbei,
Rauch im Horn, zur grünen Tränke,
endlich reichten die Geschenke:
Lammblut, Fisch und Schlangenei.

Endlich malmen Steine Früchte, und die Krüge sind gebrannt.
Öl rinnt offnen Augs herunter,
und der Mohn geht trunken unter,
von Taranteln überrannt.

SCHWARZER WALZER

Das Ruder setzt auf den Gong mit dem schwarzen Walzer ein,
Schatten mit stumpfen Stichen nähn die Gitarren ein.

Unter der Schwelle erglänzt im Spiegel mein finsteres Haus,
Leuchter treten sich sanft die flammenden Spitzen aus.

Über die Klänge verhängt: Eintracht von Welle und Spiel;
immer entzieht sich der Grund mit einem anderen Ziel.

Schuld ich dem Tag den Marktschrei und den blauen Ballon –
Steinrumpf und Vogelschwinge suchen die Position

zum Pas de deux ihrer Nächte, lautlos mir zugewandt,
Venedig, gepfählt und geflügelt, Abend- und Morgenland!

Nur Mosaiken wurzeln und halten im Boden fest,
Säulen umtanzen die Bojen, Fratzen- und Freskenrest.

Kein August war geschaffen, die Löwensonne zu sehn,
schon am Eingang des Sommers ließ sie die Mähne wehn.

Denk dir abgöttische Helle, den Prankenschlag auf den Bug
und im Gefolge des Kiels den törichten Maskenzug,

überm ersäuften Parkett zu Spitze geschifft ein Tuch,
brackiges Wasser, die Liebe und ihren Geruch,

Introduktion, dann den Auftakt zur Stille und nichts nachher,
Pausen schlagende Ruder und die Coda vom Meer!

NACH VIELEN JAHREN

Leicht ruht der Pfeil der Zeit im Sonnenbogen.
Wenn die Agave aus dem Felsen tritt,
wird über ihr dein Herz im Wind gewogen
und hält mit jedem Ziel der Stunde Schritt.

Schon überfliegt ein Schatten die Azoren
und deine Brust der zitternde Granat.
Ist auch der Tod dem Augenblick verschworen,
bist du die Scheibe, die ihm blendend naht.

Ist auch das Meer verwöhnt und glanzerfahren,
erhöht's den Spiegel für die Handvoll Blut,
und die Agave blüht nach vielen Jahren
im Schutz der Felsen vor der trunknen Flut.

SCHATTEN ROSEN SCHATTEN

Unter einem fremden Himmel
Schatten Rosen
Schatten
auf einer fremden Erde
zwischen Rosen und Schatten
in einem fremden Wasser
mein Schatten

BLEIB

Die Fahrten gehn zu Ende,
der Fahrtenwind bleibt aus.
Es fällt dir in die Hände
ein leichtes Kartenhaus.

Die Karten sind bebildert
und zeigen jeden Ort.
Du hast die Welt geschildert
und mischst sie mit dem Wort.

Profundum der Partien,
die dann im Gange sind!
Bleib, um das Blatt zu ziehen,
mit dem man sie gewinnt.

AM AKRAGAS

Das geklärte Wasser in den Händen,
an dem Mittag mit den weißen Brauen,
wird der Fluß die eigne Tiefe schauen
und zum letzten Mal die Dünen wenden,
mit geklärtem Wasser in den Händen.

Trägt der Wind aus Eukalyptushainen
Blätter hochgestrichen, hauchbeschrieben,
wird der Fluß die tiefren Töne lieben.
Festen Anschlag von den Feuersteinen
trägt der Wind zu Eukalyptushainen.

Und geweiht vom Licht und stummen Bränden
hält das Meer den alten Tempel offen,
wenn der Fluß, bis an den Quell getroffen,
mit geklärtem Wasser in den Händen
seine Weihen nimmt von stummen Bränden.

AN DIE SONNE

Schöner als der beachtliche Mond und sein geadeltes Licht,
Schöner als die Sterne, die berühmten Orden der Nacht,
Viel schöner als der feurige Auftritt eines Kometen
Und zu weit Schönrem berufen als jedes andre Gestirn,
Weil dein und mein Leben jeden Tag an ihr hängt, ist die Sonne.

Schöne Sonne, die aufgeht, ihr Werk nicht vergessen hat
Und beendet, am schönsten im Sommer, wenn ein Tag
An den Küsten verdampft und ohne Kraft gespiegelt die Segel
Über dein Aug ziehn, bis du müde wirst und das letzte verkürzt.

Ohne die Sonne nimmt auch die Kunst wieder den Schleier,
Du erscheinst mir nicht mehr, und die See und der Sand,
Von Schatten gepeitscht, fliehen unter mein Lid.

Schönes Licht, das uns warm hält, bewahrt und wunderbar sorgt,
Daß ich wieder sehe und daß ich dich wiederseh!

Nichts Schönres unter der Sonne als unter der Sonne zu sein . . .

Nichts Schönres als den Stab im Wasser zu sehn und den Vogel oben,
Der seinen Flug überlegt, und unten die Fische im Schwarm,

Gefärbt, geformt, in die Welt gekommen mit einer Sendung
von Licht,
Und den Umkreis zu sehn, das Geviert eines Felds, das Tausendeck
meines Lands
Und das Kleid, das du angetan hast. Und dein Kleid, glockig
und blau!

Schönes Blau, in dem die Pfauen spazieren und sich verneigen,
Blau der Fernen, der Zonen des Glücks mit den Wettern für
mein Gefühl,
Blauer Zufall am Horizont! Und meine begeisterten Augen
Weiten sich wieder und blinken und brennen sich wund.

Schöne Sonne, der vom Staub noch die größte Bewundrung gebührt,
Drum werde ich nicht wegen dem Mond und den Sternen und nicht,
Weil die Nacht mit Kometen prahlt und in mir einen Narren sucht,
Sondern deinetwegen und bald endlos und wie um nichts sonst
Klage führen über den unabwendbaren Verlust meiner Augen.

IV

LIEDER AUF DER FLUCHT

Dura legge d'Amor! ma, ben che obliqua,
Servar convensi; però ch'ella aggiunge
Di cielo in terra, universale, antiqua.
Petrarca, ›I Trionfi‹

I

Der Palmzweig bricht im Schnee,
die Stiegen stürzen ein,
die Stadt liegt steif und glänzt
im fremden Winterschein.

Die Kinder schreien und ziehn
den Hungerberg hinan,
sie essen vom weißen Mehl
und beten den Himmel an.

Der reiche Winterflitter,
das Mandarinengold,
treibt in den wilden Böen.
Die Blutorange rollt.

II

Ich aber liege allein
im Eisverhau voller Wunden.

Es hat mir der Schnee
noch nicht die Augen verbunden.

Die Toten, an mich gepreßt,
schweigen in allen Zungen.

Niemand liebt mich und hat
für mich eine Lampe geschwungen!

III

Die Sporaden, die Inseln,
das schöne Stückwerk im Meer,
umschwommen von kalten Strömen,
neigen noch Früchte her.

Die weißen Retter, die Schiffe
– o einsame Segelhand! –
deuten, eh sie versinken,
zurück auf das Land.

IV

Kälte wie noch nie ist eingedrungen.
Fliegende Kommandos kamen über das Meer.
Mit allen Lichtern hat der Golf sich ergeben.
Die Stadt ist gefallen.

Ich bin unschuldig und gefangen
im unterworfenen Neapel,
wo der Winter
Posilip und Vomero an den Himmel stellt,
wo seine weißen Blitze aufräumen
unter den Liedern
und er seine heiseren Donner
ins Recht setzt.

Ich bin unschuldig, und bis Camaldoli
rühren die Pinien die Wolken;
und ohne Trost, denn die Palmen
schuppt sobald nicht der Regen;

ohne Hoffnung, denn ich soll nicht entkommen,
auch wenn der Fisch die Flossen schützend sträubt
und wenn am Winterstrand der Dunst,
von immer warmen Wellen aufgeworfen,
mir eine Mauer macht,
auch wenn die Wogen
fliehend
den Fliehenden
dem nächsten Ziel entheben.

V

Fort mit dem Schnee von der gewürzten Stadt!
Der Früchte Luft muß durch die Straßen gehen.
Streut die Korinthen aus,
die Feigen bringt, die Kapern!
Belebt den Sommer neu,
den Kreislauf neu,
Geburt, Blut, Kot und Auswurf,
Tod – hakt in die Striemen ein,
die Linien auferlegt
Gesichtern
mißtrauisch, faul und alt,
von Kalk umrissen und in Öl getränkt,
von Händeln schlau,
mit der Gefahr vertraut,
dem Zorn des Lavagotts,
dem Engel Rauch
und der verdammten Glut!

VI

Unterrichtet in der Liebe
durch zehntausend Bücher,

belehrt durch die Weitergabe
wenig veränderbarer Gesten
und törichter Schwüre –

eingeweiht in die Liebe
aber erst hier –
als die Lava herabfuhr
und ihr Hauch uns traf
am Fuß des Berges,
als zuletzt der erschöpfte Krater
den Schlüssel preisgab
für diese verschlossenen Körper –

Wir traten ein in verwunschene Räume
und leuchteten das Dunkel aus
mit den Fingerspitzen.

VII

Innen sind deine Augen Fenster
auf ein Land, in dem ich in Klarheit stehe.

Innen ist deine Brust ein Meer,
das mich auf den Grund zieht.
Innen ist deine Hüfte ein Landungssteg
für meine Schiffe, die heimkommen
von zu großen Fahrten.

Das Glück wirkt ein Silbertau,
an dem ich befestigt liege.

Innen ist dein Mund ein flaumiges Nest
für meine flügge werdende Zunge.
Innen ist dein Fleisch melonenlicht,
süß und genießbar ohne Ende.

Innen sind deine Adern ruhig
und ganz mit dem Gold gefüllt,
das ich mit meinen Tränen wasche
und das mich einmal aufwiegen wird.

Du empfängst Titel, deine Arme umfangen Güter,
die an dich zuerst vergeben werden.

Innen sind deine Füße nie unterwegs,
sondern schon angekommen in meinen Samtlanden.
Innen sind deine Knochen helle Flöten,
aus denen ich Töne zaubern kann,
die auch den Tod bestricken werden . . .

VIII

. . . Erde, Meer und Himmel.
Von Küssen zerwühlt
die Erde,
das Meer und der Himmel.
Von meinen Worten umklammert
die Erde,
von meinem letzten Wort noch umklammert
das Meer und der Himmel!

Heimgesucht von meinen Lauten
diese Erde,
die schluchzend in meinen Zähnen
vor Anker ging
mit allen ihren Hochöfen, Türmen
und hochmütigen Gipfeln,

diese geschlagene Erde,
die vor mir ihre Schluchten entblößte,
ihre Steppen, Wüsten und Tundren,

diese rastlose Erde
mit ihren zuckenden Magnetfeldern,
die sich hier selbst fesselte
mit ihr noch unbekannten Kraftketten,

diese betäubte und betäubende Erde
mit Nachtschattengewächsen,
bleiernen Giften
und Strömen von Duft –

untergegangen im Meer
und aufgegangen im Himmel
die Erde!

IX

Die schwarze Katze,
das Öl auf dem Boden,
der böse Blick:

Unglück!

Zieh das Korallenhorn,
häng die Hörner vors Haus,
Dunkel, kein Licht!

X

O Liebe, die unsre Schalen
aufbrach und fortwarf, unseren Schild,
den Wetterschutz und braunen Rost von Jahren!

O Leiden, die unsre Liebe austraten,
ihr feuchtes Feuer in den fühlenden Teilen!
Verqualmt, verendend im Qualm, geht die Flamme in sich.

XI

Du willst das Wetterleuchten, wirfst die Messer,
du trennst der Luft die warmen Adern auf;

dich blendend, springen aus den offnen Pulsen
lautlos die letzten Feuerwerke auf:

Wahnsinn, Verachtung, dann die Rache,
und schon die Reue und der Widerruf.

Du nimmst noch wahr, daß deine Klingen stumpfen,
und endlich fühlst du, wie die Liebe schließt:

mit ehrlichen Gewittern, reinem Atem.
Und sie verstößt dich in das Traumverlies.

Wo ihre goldnen Haare niederhängen,
greifst du nach ihr, der Leiter in das Nichts.

Tausend und eine Nacht hoch sind die Sprossen.
Der Schritt ins Leere ist der letzte Schritt.

Und wo du aufprallst, sind die alten Orte,
und jedem Ort gibst du drei Tropfen Blut.

Umnachtet hältst du wurzellose Locken.
Die Schelle läutet, und es ist genug.

XII

Mund, der in meinem Mund genächtigt hat,
Aug, das mein Aug bewachte,
Hand –

und die mich schleiften, die Augen!
Mund, der das Urteil sprach,
Hand, die mich hinrichtete!

XIII

Die Sonne wärmt nicht, stimmlos ist das Meer.
Die Gräber, schneeverpackt, schnürt niemand auf.
Wird denn kein Kohlenbecken angefüllt
mit fester Glut? Doch Glut tut's nicht.

Erlöse mich! Ich kann nicht länger sterben.

Der Heilige hat anderes zu tun;
er sorgt sich um die Stadt und geht ums Brot.
Die Wäscheleine trägt so schwer am Tuch;
bald wird es fallen. Doch mich deckt's nicht zu.

Ich bin noch schuldig. Heb mich auf.
Ich bin nicht schuldig. Heb mich auf.

Das Eiskorn lös vom zugefrornen Aug,
brich mit den Blicken ein,
die blauen Gründe such,
schwimm, schau und tauch:

Ich bin es nicht.
Ich bin's.

XIV

Wart meinen Tod ab und dann hör mich wieder,
es kippt der Schneekorb, und das Wasser singt,
in die Toledo münden alle Töne, es taut,

ein Wohlklang schmilzt das Eis.
O großes Tauen!

Erwart dir viel!

Silben im Oleander,
Wort im Akaziengrün
Kaskaden aus der Wand.

Die Becken füllt,
hell und bewegt,
Musik.

XV

Die Liebe hat einen Triumph und der Tod hat einen,
die Zeit und die Zeit danach.
Wir haben keinen.

Nur Sinken um uns von Gestirnen. Abglanz und Schweigen.
Doch das Lied überm Staub danach
wird uns übersteigen.